まいにちを味わう

吉沢久子

あさ出版

はじめに

「女が本当に一人になったら、どうやって生きていくのかしら。そんなことを考えると、ちょっと不安ね」

昔、夫にそんな話をしたことがありました。

そのとき夫に、

「男だって同じだ」

と言われて、ああそうかと思ったものです。

女性が働いて身を立てるのは難しい時代でしたから、女性が一人になれば稼ぎがなくなり、生活が立ち行かなくなることへの不安が、私の中にはあったのです。

しかし夫の言葉を聞いて、男性にも、一人になったとき食事や掃除、洗濯といった生活がどうなるか、という不安があるのだと気づきました。

どんな時代に生きても、いくつになっても、男性でも女性でも、一つの不安もなく生きていくなど、できないのだと思います。

先のことは誰にもわかりません。

私も人生、百年近く生きてきましたが、この歳になってもやはり先のことに予想がつかないのは、変わらないものです。

できるのは、ただ今を生きることだけ。

今を一生懸命生きて、今日という一日を充実させることだけです。

お金がたくさんあればそれがなくなることに不安を覚え、逆にお金がなければ先々の生活が不安になります。

でも、今日を生きられるお金はある。まずはそのことを喜び、感謝してみたらどうでしょう。

家族や大切な人がそばにいる幸せを思うとき、同時に失うかもしれない未来が不安になるものです。

しかし、先のことばかり考え、怯えて、大事な人たちと一緒に過ごせる今このときの貴重な時間を、思いきり楽しめないとしたら、それこそもったいないことです。

老いていく自分の体を不安に思う人もいるでしょう。

でも、今日という日を元気に生きて過ごせるなら、まずはそれを思う存分楽しみ、味わうことです。

不安のない人はいません。

これから老いていくこと。
病気になるかもしれないこと。
みなに先立たれ、一人になるかもしれないこと。
お金に困るかもしれないこと。
いずれ、自分は死ぬこと。

それに一度も不安を覚えたことがない、という人はいないはずです。

しかし、いくら考え、悩んでも、不安はつきません。
明日の自分がどうなっているか、それは誰にもわかりません。

不安のない人は、いないのです。

不安はなくならないのです。

不安の種類は人それぞれですが、みなが何かの不安を胸にいだいています。

不安をいだいたまま、暮らしています。


幸運にも一つの不安がなくなっても、また一つ、別の不安が出てきます。

そういうものです。

だから、不安なまま、今を楽しみ、味わうしかありません。

不安はあるけれど、まずは目の前のことに一生懸命になって、今このときを充実して生きる。

そういう日々を積み重ねるのが、人生だと思います。


誰の未来にも必ず訪れる、「人生の終わりの日」も積み重ねた日々のうちの単なる「一日」です。

その最期の日を迎えるときまで、一日一日を自分らしく、楽しく生きることが、いい人生を作る唯一の道だと私は思っています。


人生がどう変わっていくのか、誰にも予想できません。

しかし、何がどう変わったとしても変わらないのは、

「自分を支えられるのは自分だけ」

という事実です。

自分らしく、懸命に生きて、ふと人生を振り返ったとき、

「まあよく生きてきたわね」

と思える。

いい人生とは、そういうものではないでしょうか。

自分なりに生きて、自分なりのいい人生を作る。

そんなことができれば、一番幸せですね。

目次

2章 人生がどう変わるか、誰にも予想できない

3章

不安なまま、今を楽しむ

4章 合う人もいれば、合わない人もいる

5章

一日一日を大切に生きる

編集協力／玉置見帆
写真撮影／織田桂子
特別協力／青木華恵
本文デザイン／ｍｉｋａ

1章

自分らしく日々を過ごす

「どう生きていくのか」を考える

私が生きた時代には戦争がありました。

家族の男手が赤紙一枚で戦争に駆り出されていき、残された女性たちは、自分の力で生活していかなければなりませんでした。子育てもそうです。頼れる男手はありません。

しかし女性は職業を持てず、参政権もなかったのです。働く機会も、意見を言う機会も与えられないのに、一人にされたら、一人で生きていかなければならない。

とても理不尽な世の中を生きてきたのが、私たちの世代でした。

そういう時代が確かにあったのだと知っていると、今はとても恵まれているように感じられるものです。もちろん、いつの時代にもその時代なりに大変なことはあるでしょう。それでも、今は女性でも政治に関わることができますし、働こうと思えば働き口はいくらでもあります。

そして、今の日本では、少なくとも戦争によって命が脅かされることはないのです。

そういう今の世の中で、自分はどう生きていくのか。

いつもそれを考えておくことが大切だと思います。

「不安」はなくならない

先々のことを考えると、不安に苛まれるという人もいます。

夫が、妻が、死んだらどうしよう。

子どもが自立したら寂しくなってしまう。
体を壊したらどうしよう。
行政はどれくらい自分を助けてくれるだろうか。
年金はどのくらいもらえるのだろう。

不安になる気持ちはわかります。
でも、その不安がときに「甘え」になってはいないか、もう一度考え直してみることも必要かもしれません。

自分の力で生きていく。
なるべく人に頼らない。
甘えてはいけない。

自分で、自分に、そう言ってあげてください。

大丈夫、その歳までどうにかこうにか生きてこられたのです。自分で思う以上に、うんと芯は強いはずです。

できることは自分で

人は自然と楽なほうに流されるものです。

甘えてはいけないと気をつけていても、一度手を借りると、「もう一度」をお願いすることに抵抗がなくなってしまいます。

もちろん、歳をとれば、誰の手も借りずに生きていくことはできません。

それでも、できる限りは自分の力でやっていく。

そんなふうに自分を戒めるくらいのほうが、人に頼りすぎることがなく、ちょうどいいのです。

甘えすぎ、人の手を借りすぎると、自分でできたはずのことがみるみるできなくなっていきます。

できなくなるということは、ますます老いていくということです。

人とはそういうものだと思うのです。


できることは、自分でやる。

甘えすぎないことが、歳をとっても自立して生きていくためには欠かせないことだと思います。しかし、年老いた身に対して、

「甘えるな」

などと、他人は言ったりしません。だから、自分で自分に言うしかないわけです。


もちろん、助けてくれる人はいます。力になってくれる人もいます。

けれど、相手の負担になっていることを忘れて、その好意に甘えすぎると、人は離れていきます。

甘えれば甘えるほど自分でできることは少なくなり、老いは加速していきま

す。

できないことは受け入れて素直に人を頼り、頑張ればできることなら時間がかかっても自分でやる。

そういう自分でいたいと私は思っています。

「生きがい」を見つける

ある親戚の男性が、六十五歳になり年金をもらえるようになったころ、

「もう働くのはやめようかな」

と言い出したので、「働けるうちは働きなさい」と叱ったことがありました。

働ける場があり、仕事をする元気があるなら、働くのは自然なことです。

彼は七十歳過ぎた今でも働いていますし、「あのとき、仕事をやめなくてよかった」とよく言っています。


仕事をやめて、朝早く起きる必要もなくなり、出かけることも人に会うことも少なくなって、趣味もなく、家でなんとなく過ごしているうちに、わけがわ

からなくなってしまった人を、私は何人も見てきました。


生きるには目標が必要です。

生きがいが必要です。


だから私は、生涯仕事を続けていこうと思います。

仕事をさせていただける場がある限りは、仕事をやめることはありません。

仕事は私にとっての生きがいなのです。


定年と言われる歳になったり、年金をもらうようになったりすると、どこか区切りがついたように感じる人もいるのでしょう。

定年を迎えたのにまだ働いていると、周りが、

「どうしてまだ働くの？」

「お金に不自由されてるの？」

といった目で見る雰囲気が一昔前はありました。

今は定年後に再就職することも珍しくなくなりましたが、それもここ数年のことです。

そういった背景もあって、区切りをつけたくなる気持ちが湧いてくるのかもしれません。


たとえば趣味など、仕事以外の生きがいがあり、目標があるなら、仕事をやめてもいいと思います。

ただ、趣味にはお金も必要ですし、時間があっても、趣味三昧に生きて散財していたら、生活が立ち行かなくなったり、周りから顰蹙《ひんしゅく》を買ったりすることもあります。

人生を楽しむために、自分がしたいことに邁進するのも一つの選択肢ですが、そのために犠牲にしなければならないものがあるなら、考えものです。

〝働く〟ことに前向きに

ちょっと体を壊して病院で診てもらうと、お医者さんは、

「お仕事しすぎではないですか」

「一息ついて、趣味など楽しんではどうですか」

と、簡単に言うものです。

生活が安定していて、心から打ち込める何かがある人ならいいでしょう。

しかし、仕事をやめて自由な時間を手に入れても、それだけでは元気になれない人も少なからずいます。

そういう人にとって必要なものこそ、仕事です。

私は、歳をとっても仕事を続けられる環境があるのならば、それを絶対に手

放すべきではないと思います。

長年、専業主婦をされてきたという人も、経験がないからと怖気づかずに、機会があれば積極的に働いてみたらいいのです。

いくつになっても〝働く〟ことに前向きでいてください。

生きるためにはお金が不可欠です。それ以上に、「働いて人の役に立っている」という実感は、他には代えがたい生きがいになります。

認められたり、褒められたり、感謝されたりしたとき、人は「自分が生きていること」を実感するものだと、私は思っています。


そして、それはどうやら人だけではないようです。

このごろの盲導犬は、普通の犬よりも長生きすると聞きました。

毎日、ご主人と一緒に規則正しい生活をして、たくさん歩いて、一生懸命気を使い、感謝され、人の役に立つ仕事をしている盲導犬は、体も強くなるし、緊張感のある生活をしているので気力もあるのです。

盲導犬として仕事をするのは短い期間ですが、心身ともに鍛えられており、引退後も手厚く世話をしてもらえる環境に置かれるので、長生きできるのだそうです。

たとえ〝場所〟が変わったとしても

ある知人の男性は、定年退職したら小料理屋を開きたいという夢を持っていました。

実現のために調理師免許をとるなど一生懸命だったのですが、いざ退職してみると、

「退職金を、成功するかどうかわからないことに、使われたら困る」

と奥さんに反対されてしまいました。

それももっともな意見だということで、彼は小料理屋を諦め、学校給食のお手伝いをはじめたのです。

たいていはそうだと思うのですが、給食室で調理をしているのは女性がほとんどです。その中に男性が一人入っていって、うまくいくのかと心配したのですが、杞憂でした。

彼は長年仕事を続けてきただけあって、企画力や発想力がやはり高いのです。力仕事もできるうえに、頭脳仕事もできて、給食室でとても重宝され、生き生きと仕事を続けています。

場所は変わっても、長年培ってきたものを活かす方法はいくらでもあります。

もちろん、人間には限界があります。

生涯仕事を続けると決めている私ですが、昔は一日で数十枚書けた原稿も、今では七枚、八枚となるとつらくなってきます。

歳をとったら、できることには限りがあります。

それでもやりたいことをやり、生きがいを見つけることが大切です。

それが、生きる糧になるからです。

「私なんか」と言わないで

「私なんか……」と口ぐせのように言う人がいます。


私なんか、できないわよ。

私なんかに、とても無理よ。


親しい人からこういう言葉を聞くと、私はつい、

「じゃ、『あなたなんか』って言うわよ」

と言ってしまいます。

するとやっぱり、相手は嫌な顔をするのです。

「そう言われたくなかったら、『私なんか』って言わないのよ」

と私は言います。

「私なんか……」という言葉で、自分自身にブレーキをかけてしまうのは、もったいないことです。


歳をとって、気が弱くなるのは仕方がありません。誰にでもあることです。体のあちこちが以前のようには動かなくなるし、気力や体力の衰えを日々感じるようになります。

だからといって「私なんか」と尻込みしたり、できないと決めつけてしまったりしては何もはじまりません。

「こんなので負けてられないわ」

私が若いころはよく、

「女のくせに」

と言われました。仕事の場では本当にそう言われることが多かったものです。女性が仕事をすることが当たり前ではなかった時代でした。

そこで私が、誰もやりたくなさそうな面倒な仕事を、「それなら私がやります」などと言うものですから、余計に、

「それは男がやることだ」

「女がでしゃばるものではない」

と言われたのです。

もっとも、私としては、誰もやらないのであればやりますと手を上げたまでで、しないで済むなら結構なことなのです。

「あら、そうですか。よかった」などと答えるものですから、そうすると次からは「私がやります」と手を挙げても、誰も何も言わなくなりました。

私がこのとき、

「私なんか」

「女だから」

と遠慮していたら、私の仕事は増えなかったはずです。


私は人生を暗く考えたくありません。

なるべく明るく、前向きにとらえるようにしてきました。

境遇としてはずいぶん生きにくかったはずなのですが、ひどく気落ちすることもなく、生きにくいと感じることもありませんでした。


ただ、平坦な道を何事もなく歩んできたのでもありません。

山あり谷あり、崖っぷちに立ったこともありました。

それでも、

「私なんか」

と思いはしませんでした。その代わり、

「こんなので負けてられないわ」

と思うのです。

それは今、この歳になっても変わりません。


今でもこうしてお仕事を続けていられる、という事情もあります。

やらせてもらえるからには、きちんとやらなくては。

やらなければ、人に何か言われても仕方がない。

そういう思いがあるので、「私なんか」と逃げてはいられません。

人の目を気にして自分の行動を変えたりはしませんが、そういう意味では人を強く意識しています。

二の足を踏んでいる時間がもったいない

私は、「私なんか」とは言いません。

だからといって、同じような考え方を人に求めるつもりはありません。

人はこちらの思い通りには動かないものですし、それぞれが違う考え方を持っています。私はできると思っても、「できません」と相手が言うのであれば、そういうものなのだなと胸に納めます。

それでも、とても身近な人が「私なんか」と言うのを聞くと、ときどき一言何か言いたくなってしまいます。


私なんか、と二の足を踏んでいる時間がもったいない。

それに気づいてほしいのです。

自分のことは、自分で決める

「自信がない」と言う人がいます。

歳をとってから新しいことをはじめる自信がない。
一人で暮らしていく自信がない。
お金を稼ぐ自信がない。

そう言う人はたくさんいますが、「自信がない」という言葉を気軽に使いすぎているような気がしてなりません。

自信とは、あるかないかというものではなく、生きていくために誰もが持つ必要があるものだと思っています。

自信が、自分を生かすのです。

生きていくために、私はこれだけのことをしている。

その自信に胸を張れることが、生きていく力になるのだと思います。

人に丸投げするほうが、よほど怖い

最近、若い人から、

「私、この人と結婚してもいいのでしょうか……」

という相談をうけることがありました。

相談するのは悪いことではないと思いますが、人生を決めるほどの大切なことなら、自分で決断する他ありません。

いつ会っても相談があるという人は、たいてい私以外のたくさんの人にも同じ相談を持ちかけ、それでも決めかねているのです。

自分で決める自信がなくて、何か決定的な言葉を誰かにもらえないかと、人を頼っています。ですから、私も話は聞きますが、本音では、

「自分で決めなさい」

という思いです。

相談を持ちかけられても、示唆するようなことは言わないように気をつけます。


自分のことなのに自信がなくて、決断を人任せにしたがるのは、そのほうが気楽だからかもしれません。

たとえば歳をとって、自分の身の処し方を考えると、どうしても自分の病気や死といったものと、向き合わなくてはならなくなります。

それを怖がり、直視するのを嫌がって、

「子どもがどうにかしてくれる」

「残された人がいいようにしてくれる」

と考えている人がいますが、そうして自分のことを人に丸投げするほうが、よほど怖いように思います。


自分のことは、自分で決める。

そのほうがずっと安心だと思うのです。

「考える」よりも「行動」を起こす

私は夫を亡くした六十代のころ、一人になってすぐに遺言状を用意しました。

そのときお世話になった弁護士の先生は亡くなり、今お願いしているのは三人目の方です。
自分一人になり、必要だと考えて遺言を書いたのです。
自分の死に関して考えることに、何の戸惑いも躊躇もありませんでした。
妙に構えることはないのです。
自分のことは自分で決め、その責任をとることは大切ですが、失敗しても構いません。
失敗したらまたやり直せばいいのですし、何回でもやり直しはできます。
やってみなければわからないことも、たくさんあります。
ですから、自信がなくても、不安があっても、
「とにかくやってみよう」
と、割り切ることです。
あれこれ悩んで、考えれば考えるほど、考えはまとまりません。
頭で考えるよりも、行動を起こしたほうが早いこともあります。

「自信がなくて決められない」

という人も、その自信が見つかるまで何も決めない、というわけにはいかないはずです。

先のことを直視するのが不安なら、たとえば、十年後の自分を紙に書き出してみたり、お葬式やお墓について情報を集めてみたり、周囲と話をしてみたり、焦らず少しずつ考えてみたらどうでしょう。

持つべきは自信よりも、責任です。自信がなくても、自分のことは自分で決めなければいけませんし、決めたのならその結果は自分が責任を持ちます。誰かのせいにしたり、世の中のせいにしたりしないことです。

悩んでもいいし、相談してもいいでしょう。

けれど、最後は自分で決めてください。

決められないときは割り切って、行動を起こしてみてください。

行動し、失敗してもまた挑戦して、成功したら、それが自信になるはずです。

1章

自分らしく日々を過ごす

幸せは自分で作れる

幸せは、人によって違うものです。

たとえば、お金がたくさんあることも一つの幸せのかたちです。

でも、なければないでいいじゃないの、とも思います。

ものすごくたくさんなくても、食べるのに苦労しないで、寝るところがあって、自分なりに生きがいを持って生活していけたら、それでいいと思うのです。

私はそれで今までやってきました。

働くことさえできれば、食べることは何とかなると思っていたのです。

繰り返しになりますが、私が生きたのは、女性が仕事を持つのが当たり前ではない時代でした。そんな中で仕事を続けられたこと、そして仕事を通して人との出会いに恵まれたことが、私の最大の幸せだったと思います。

仕事があったから、私は自分の意志で、自分らしい暮らしを続けてこられたのです。

一人になっても不安にかられたり、迷ったりすることなくいられました。


何か一つ、「これがあれば生きていける」というものがあれば、人は幸せに生きていけるのだと思います。

私のように仕事でもいいし、趣味でもいいのです。

習い事をはじめたり、ペットを育てたり、ベランダでお花を育てたりするのもいいし、家庭菜園などもいいと思います。

野菜を育てて収穫し、できがよければご近所におすそ分けしてあげたらどうでしょう。きっと喜ばれますし、新しいお付き合いがはじまるかもしれません。

「これをやろう」と決めてみると

私の親戚に、少し体調を崩して気が塞いでしまった人がいました。

夜でも電話をかけてきて、愚痴をこぼすのです。具合が悪いだけに、考えも悪いほうにばかりむいてしまうようでした。

そこで、たまたま取り寄せていた、たくさんのさくらんぼをその人に送ってあげたのです。

すると案の定、彼女は「これ、おばから」などと言って、さくらんぼをいそいそとご近所に配って回っているうちに、すっかり元気になったようでした。

ほんの些細なことでも、自分で「これをやろう」と決め、意志を持って行動すると、人は不思議と楽しくなってしまうものです。

少々の具合の悪さは、吹き飛んでしまいます。

やろうと決めて、はじめてみて、もし長続きしなければ、また新しく何かを探してみればいいのです。


合わないものは、合いません。

でも、合わないかどうかは、やってみなければわかりません。

すぐに投げ出すのは考えものですが、一生懸命やってみて、楽しくならなければ、そこで割り切ってやめることも必要です。


子どもや孫が生きがい、という人もいるでしょう。

何かをしてあげて、それを喜んでもらうのが幸せというならいいと思いますが、その見返りを求めてしまうと、かえってつらくなるかもしれません。

子どもや孫の様子に、一喜一憂して振り回されるようでは、幸せとは言えないでしょう。

人に寄りかからず、自分の中に生きがいを持つ。
自分一人でも楽しめる何かを持つ。
それが、幸せにつながります。

2章

人生がどう変わるか、誰にも予想できない

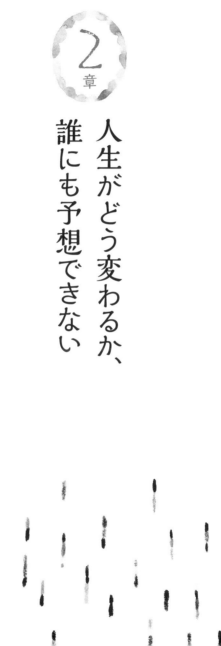

わがままは人を遠ざける

先日、少し体を壊して、入院することになりました。この歳になるまで入院の経験がほとんどなかったものですから、慣れないこともありましたし、思いがけない発見もありました。

たとえば、いざ退院するとなったときです。私は一人暮らしですから、退院すれば家では一人です。一人ですから、自分で作らなければご飯も食べられませんし、お客様が来れば自分で対応しなければならないのです。お掃除もお洗濯も、自分でしなければなりません。

でも、病後の体力ではとても無理です。

家に帰ってきたからといって、以前と同じように暮らすことはできません。

ゆっくり体力を戻さなければなりませんし、疲れもまだ残っています。

幸い、私は姪たちの助けを借りて養生することができましたが、もし退院後、一週間でも病後の面倒を見てくれる施設が近くにあって、気軽に利用できれば、とても助かったなと思ったものです。

ただ、こういう話をすると、

「やっぱり行政がちゃんとしていないから……」

という流れにもっていきたがる人がいるものです。

たしかに病後施設となると規模も大きく、私財で行うには難しいでしょう。

行政の力を借りなければ実現は難しいかもしれません。

だからといって、当たり前のように行政に頼ろうとするのは、いかがなものかと思います。

まずは「自分でできること」から

近頃は、頼ることに躊躇しない人が増えたようです。ままならないことや、不足している点を、何かに頼ることで埋めようとする人が多く見られます。

もちろん、仕方がない事情もあります。

たとえば、働きたいお母さんたちの多くが、お子さんを受け入れてくれる保育園がなくて困っているといいます。

昔と違い、女性が働けるという環境がせっかく整っているにもかかわらず、出産を機に働く機会が失われてしまうのは、とても残念なことです。

この問題が早く解決されるためには、行政が動くことが必要不可欠でしょう。

けれど一方で、子どもを産むと決めたのは自分であり、産んだ子を育てるのであれば、親である自分がすべて責任を持たなくてはいけない。
そういう覚悟も必要ではないでしょうか。

なぜ、保育園が足らないとわかっている土地で、産むことを決めたのでしょう。働ける環境を整えるために、自分自身でどれだけの手を尽くしたのでしょうか。

私の知り合いには、やはり住んでいる地域で保育園の空きがなく、仕事と子育ての両立が自分の思い通りにいかなかったために、引っ越しをした人がいました。

子どもを作ると決めた段階で、今後の仕事や子育てについて夫婦で話し合い、自分たちが思い描く生活ができる場所はないか調べて、居を移した人もいます。

もちろん、それぞれのご家庭なりの事情があるでしょうから、みながみな同じ方法で解決できると言いたいのではありません。

これは一筋縄ではいかない問題です。

ただ、今あるものを手放すことはしないまま、変えることも、手を尽くすこともしないまま、ただ望むものには足りないからと、行政や周囲に助けを求めるのだとしたら、それは甘えすぎのように思います。

「甘える」ことに慣れてはいけない

とくに、人は歳をとると、そうして権利ばかりを振りかざすようになりがちです。

老いてくると我慢がきかなくなったり、要求することを遠慮しなくなったりして、わがままが出てきます。

家族が気を利かせてお茶を淹れてくれない、というだけで、不満をぶつぶつこぼすようになったりするのです。

体が満足に動かなくなってきて、力も衰えたことにいつもイライラしているので、電車に乗って席が空いていないだけで頭にきたり、「最近の若い人は気が利かない」などと、これみよがしに言ってしまったりします。

生活が苦しければ行政のせいにするし、病院の待ち時間が長ければ、自分一人が被害者のように怒り出します。

でも人は、ただそこに立って「足らない。助けてほしい」と繰り返している人や、怒り出してしまう人よりも、何とか一人で解決しようと頑張っている人のほうに、自然と手を差し伸べたくなるものではないでしょうか。

ぶつぶつ文句を言っている人よりも、にこにこしている人の話が聞きたくなるものです。

わがままは人を遠ざけます。

ですから、老いを理由にして、人に頼りすぎないように気をつけたほうがいいのです。

甘えることに慣れてしまわないこと。

自分で自分にそう言い聞かせて、どんなこともまずは自分でやってみる気持ちを持ち続けることが大切です。

誇れるものは、自分の中に

最近の若者は、目上の人を敬う気持ちに欠けている。

そういう言葉も聞きますが、私に言わせれば、それは〝敬われない目上の人〟が悪いのです。

若い人から敬意をいただかれるような歳のとり方をしている人が、そうそういないのです。


何を考え、どうやって生きてきたのか。

それを若い人に自信を持って語れるでしょうか。

人は考え方、生き方を敬う

寄る年波を感じてくると、なぜかみな、どうすれば若く見えるかにこだわりはじめたり、若い人の間で流行っている話題に、どれだけ乗れるかを気にしはじめたりします。

とくに最近、みなさん人目を気にしすぎではないか、と思います。

たとえば、顔にシワを作らないクリームがいつも宣伝されていたり、アンチエイジングを煽るような情報が溢れていたり、老いに抗おうとする雰囲気が世の中にあるのも、その一例です。

「若さ」というものに価値を置きすぎています。そして、

「人からどう見えるか」

「若い人からどう見えるか」

を気にしすぎています。

まるで、年相応に老いていくのが悪いことのようです。

老いても若いのは結構なことですし、運動や食生活に気をつけて、健康であろうと努力するのはいいことです。

しかし、若くあるために多くの時間とお金を費やして、その結果、「若いですね」と言われて喜んでいては、敬ってはもらえないのも仕方がありません。若い人と同じ話題で盛り上がり、「理解がある」と言われて、それが尊敬につながるでしょうか。

私は違うと思います。

人は、お金をかけて得た若さではなく、長い人生で培ってきた考え方、生き方を敬うものです。

自分が知らないことを教えてくれる人を、人は尊敬するものです。

「言葉」「態度」「行動」を気にかけると

江戸時代は、四十代になると隠居生活に入ったそうです。

ただ、まだまだ体力も気力もありますから、頭も回るし力もありました。若い人に意見する知恵もあったし、説得する体力もありました。


しかし今は、懸命に働いて、子どもを育てて、定年を迎えて一息ついたら、へとへとになってしまっている人も少なくありません。

もっとも、それだけ長く生きられるようになった、ということでもあります。

それに、体力、気力が衰えても、年の功があるはずです。

若い人が知らない時代のことを知っています。その時代を生きてきた実績があります。


何を考え、どう行動して、人生を歩んできたのかという歴史があります。

誇れるものは、自分の中にあるのです。

電車やバスで、若い人が年配の人に席を譲らないことが、問題になることがありますが、逆に親切に席をゆずってくれようとする若い人に対して、「年寄り扱いするな！」と怒り出してしまう年寄りもいるそうです。

気遣いをありがたく受けとるべき場面で、そんな言葉が出てくる人を敬う人はいません。

もし、どうしても座りたくないのなら、

「ありがとう。でも、あなたはお仕事でお疲れでしょうから、座っていてください」

「立っているのがいい運動になるから、大丈夫ですよ」

などと、角が立たない断り方はいくらでもあります。

それができるのが〝年の功〟であり、そういう知恵が回る人こそ敬われるのです。

人の目に映る自分ばかり気にしていませんか。

そればかりでなく、自分が発している言葉や、態度や、行動を、もっと気にかけてみたらいいと思います。

人生は〝ままならないもの〟

世の中は、自分が考える以上に思い通りにはいかないものです。

私は若いときからそういうものとして受け止めていたので、あまり多くを望まなかったように思います。


ただ、先にも言いましたように、環境には恵まれました。

若いときから、歳の離れた大人の方たちに囲まれて仕事をしていたのです。見た目も小さい私ですから、可愛がってもらいました。

「こういうときは、こうしなさい」と、ときに厳しく教えてくださいましたし、おいしいお店へ連れて行ってもらって、お作法をきちんと躾けてくださったり、一人ではできない経験をさせていただいたものです。

また、ものの考え方や捉え方も鍛えられました。

周りの方たちの話を聞いたり、その行動を見たりしているうちに、自分でも「考える」ようになりました。

人それぞれ、いろいろな考え方を持っていることも知りました。そうして学ばせていただき、考え方を身に付けました。

可愛がっていただいた、とはそういう意味です。

甘やかされたということではありません。鍛えられたのです。

環境に恵まれ、人に恵まれて、鍛えられたからこそ、今の私があるのだと思います。


しかし最近は、「鍛える」といった言葉はあまり好まれないようです。少し

厳しいことを言ったり、間違いを指摘したりすると、

「自分はもう充分頑張っています」

「自分は間違っていません」

と反発する若い人も少なくないのだそうです。

鍛えたり、叱ったりというのは〝古いやり方〟にされてしまい、「叱らず指摘する」「褒めて伸ばす」ほうがいいと考えられています。

「自分は正しい」の裏にあるもの

ただ、

「自分は正しい」

と信じがちなのは、若い人ばかりではありません。老いてからもそうです。

歳をとると、人は素直に間違いを認められなくなったり、誰かに間違いを指摘されると、怒り出してしまったりすることも珍しくありません。

この場合、若い人も老いた人も、「自分が正しい」と信じているという意味では変わりませんが、その裏にあるものは少し違うように思います。

歳をとる過程で、人は経験を積みます。

成功した過去がある人もいますし、世の中の荒波を渡ってきたという自信もあります。

「まだまだ若い者には負けない」という自負もあるでしょう。

さらに、歳をとると理性がうまく働かなくなり、我慢をしたり相手に譲ったりすることが苦手になってくる面もあります。

これらが積み重なって、老いが自分に「自分は正しい」と思わせてしまいがちなのでしょう。

一方、若い人は、

「あなたは間違っていますよ」

と強く批判されたことが、あまりないのではと思います。

自分が何をやっても厳しく叱る人はおらず、優しく諭されたり、いいところばかりを褒められたりしていたら、「自分は正しい」と信じるようになっても仕方がないかもしれません。

もちろん、すべての若者がそうではないはずです。

静かに諭すだけで、自分の間違いに気づき悔いる人もいます。

褒められて伸びる人もいます。

それなら、叱られることで自分を知る人もいるのではないでしょうか。

「したいこと」を実現できるように

「自分が正しい」と信じている人に共通しているのは、

「世の中は自分の思い通りにはいかないものだ」

と気づいていないことではないでしょうか。

年寄りは、仕事や生活を通して少なからずそれを経験しているはずですが、よい経験のほうにばかり意識がいって、忘れてしまっているのでしょう。

若い人は、今ある自分をいつも周りが認めてくれていたので、壁に突き当たったり、思うようにならない状況に置かれたりして、それを乗り越えるために努力するような経験を、あまりしてこなかったのかもしれません。

「自分は正しい」と根拠もなく信じてしまうと、世界は正しく見えなくなります。本当に正しいものに気づけなくなってしまいます。

人生はままならないもの。

たいていは思い通りにはなりません。

2章

人生がどう変わるか、誰にも予想できない

最初からそう知っていれば、困難なことがあっても、そういうものだと受け止められます。受け止めたうえで、思い通りにいかないとしても、自分はどうしたいのかを考えるのです。

そして、したいことを実現できるように、力を尽くすのです。

それが、「生きる」ということではないでしょうか。

「他人の目」より「自分」と向き合う

世の中、やけに見栄っ張りな人がいます。
自分より成功した人や、幸せそうな人をあからさまに羨む人もいます。
他人と自分を比べて、どちらがより幸せかを競っているようです。

でも、私たちは誰もが「普通の人間」です。
その事実を、心のどこかに刻んでおくといいと思います。

これだけのことをやってきたのだから、自分は特別なのだ。
長く生きてきて、若い人よりものを知っている。

敬われて当然のはず。

もっともっと人に良く見られたい。


そんなふうに思ってしまう人ほど、生きにくくなっていきます。

見栄を張ってもいいことはない

昔、あるお宅にお邪魔したときのことです。

世間話の合間に、

「うちはね、おやつは手作りにするんですよ」

と奥さんがおっしゃったところに、学校から帰ってきたお子さんが、

「お母ちゃん、焼き芋買ってきた！」

なんて言ったものですから、なんともいえない空気になってしまいました。

見栄を張っても、いいことはないものです。

たとえば、赤ちゃんが人差し指を一本立ててみせたのを見て、

「我が子は天才じゃないかしら」

「うちの孫はえらくなるんじゃないかしら」

なんて言っている人を見たら、微笑ましいやら、おかしいやらですが、そんな錯覚を自分に対して抱くことも、決して珍しくないのではないでしょうか。

しかし、そんな状況は、笑い話にもなりません。


人間なら、他人の目が気になることもあるでしょう。

けれど、他人のことばかり気にして、それに振り回されているうちに、大事なものを見失ってしまうように思います。

他人ではなく、自分自身に向き合う時間こそ、もっと必要です。

自分をより良く見せたいという思いは、誰の中にもあるものです。

人目を気にすることで、それが自分の頑張りや、やる気につながるのであれば、いいと思います。

でも、嘘をついてまで、人に良く見られようとするのは考えものです。

ありのまま、飾らない自分で

もっとも、私が人目を気にせず、見栄を張らないことを心がけて生きてきたというわけではなく、この歳になって今までのことを振り返ってみると、結果的にそうだったように思うのです。

私はそのときそのときで、

「ちゃんと生きていかなくちゃ」

とばかり考えていましたから、

「他人がどう思うか」

「他人に良く見えているか」


と考えるひまもなかったのです。

そのまま、いつの間にか、ここまできていました。

私は、今を一生懸命生きることを続けてきただけです。

ありのままの、飾らない自分で暮らすことが、一番生きやすいのではないかと思います。

感謝の気持ちを忘れずに

私は歳も歳ですから、周りの人の助けを借りることが増えました。

一人で何でもやりたいのですが、体も衰え、病気もしましたから、そうもいかなくなっています。

だからといって落ち込んだり、嘆いたりはしません。

「できなくなった」という現実を素直に受け入れ、生活しています。

無理をすると怪我をして、かえって周りに迷惑をかけますから、できる限りのことは自分でやり、どうしても無理なことは頼むようにしています。


世の中は変わります。

いつまでも「今」のままではいられません。

それは人も同じです。

時間は刻々と進み、私たちの人生が止まることはないのです。

そのとき、その歳に応じて変わっていくものですし、確実に老いていきます。

良くなることもあれば、悪くなることもあります。

「それでいいじゃない」と私は思います。


「変わるのだから仕方がない」と諦めるのではなく、変わる中でも、そのとき自分ができるだけのことを精一杯やって生きていけば、

「それでいいじゃない」

という気持ちなのです。

それが当たり前の生き方ではないでしょうか。

「思う」だけではなく「言葉」にする

この歳になると、何でも自分でやったり、我慢をしたりすることで、人に迷惑をかけることもあります。

本当は足が痛いのに「痛くないですよ」という顔をして、無理して出歩き、転びでもしたら、かすり傷では済まないものです。

入院になって余計周りに、迷惑をかけることになるかもしれません。

誰かの手を借りなければ生活していけない年齢になったなら、お世話になる人には、

「私はもうこれができなくなってね」

「助けてもらっていいかしら。お願いしますね」

と、正直に伝えておいたほうが、こちらも気が楽です。

老いのためにできなくなった部分を頼ることは、甘えではないと思います。できないのですから、お願いしますとやってもらう他ありません。

ただ、頼るのを当たり前に思わず、緊張感は失わないことです。

感謝の気持ちを忘れないこと。

そして、思うだけでなく感謝を言葉にして伝え、折りに触れ、何らかの形にしてお礼をすることです。

「ありがとう」を忘れない

東京に住んでいて思うのは、少し歩けばバス停や駅があって、たいして待たずに乗り込み、移動できる環境が、とても便利だということです。

地方へ行くと、市内でも一時間に二、三本のバスや電車しか走っていなかったり、田舎になれば、歩いて十数分かかるバス停に一日数本しかバスが止まらなかったりする地域もあります。

歳をとるとなおさら、出かけたいと思っても、移動の手段がないのです。高齢になればなるほど、車を運転するのは周りからいい顔をされませんし、足腰が弱くなってきて長時間歩くのも厳しくなります。

近所に子どもや親戚など頼れる人がいたとしても、遠慮してなかなか頼めないものです。

過ぎたわがままは人間関係を壊しますし、これまで甘やかしてきた相手に甘えるのは、なかなかやりにくいところもあります。

そうなると、せっかく「出かけよう」と思った気持ちも、しぼんでしまいます。


そうは言っても、老いて生活していくためには、頼らざるを得ない場面が必ず出てきます。

私も病院へ行くときには、姪に頼みます。

総合病院はあっちに行っては受付し、こっちに行っては書類を書かされと大忙しで、動くのは大変なので、すべてお任せして座っています。

家から病院まで車で送り迎えしてもらい、歩くときは転ばないようにそばについていてもらいます。

私一人では絶対にできませんから、

「お願いします」

と遠慮せずに頼み、

「ありがとう」

とお礼をするようにしています。

感謝は形にして伝える

私はお礼として、やはり形のあるものを渡したほうがいいと思います。

多少のお金を渡すのでもいいですし、

「お礼に、あそこで食事をしましょう」

「あの店に買い物に行きましょう」

といった方法でもいいでしょう。

後者の場合は「そのうち行きましょうね」などと、曖昧な口約束のままにしないで、行く日取りをきっちり決めておくようにします。

私に生活があるように、お世話してくれる姪にも生活があります。その時間の一部を、まるまる私のために割いてくれるのですから、お礼を形として渡すのは大切です。

言葉だけでも感謝は伝わるでしょうし、姪は見返りを求めているわけではありません。

ただ、私の中にはどうしても頼ることへの遠慮があります。頼ることを当たり前に思ってはいけない、という思いがあります。

その気持ちを含めて感謝を形にしておきたいのです。

もっとも、こちらで物を見繕って贈っても、趣味に合うかどうかわかりませんし、私も良いものだけれど、自分なら絶対に選ばないようなものをいただいて、困った経験があります。

困らせるくらいならお金を渡したほうが、相手も素直に喜べますし、かえってシンプルに済むこともあるのです。

そういう意味でも、歳をとったら自由に使えるお金をある程度は持っておいたほうがいいと思います。

お金があれば解決できることは少なくありません。

そして、思い切って使うことです。

お金を使う勇気も、楽しく快適に生きるためには必要なものです。

3章

不安なまま、今を楽しむ

「自分らしく生きる」原動力とは

入院中のことです。

仕方がないことではありますが、入院生活では何度も検査に連れて行かれます。

ある日レントゲン室へ行くことになりました。のろのろ歩いていたら他の方の邪魔にもなりますし、私も億劫ですから、車椅子で運んでもらうことにしました。

レントゲン室では、たくさんの人が並んで順番を待っていました。たいていの人はパジャマや寝間着のような服を着ています。よれよれのものを着ている人はあまりいなくて、清潔感があり、きちんとしたものを着ていました。

3章

不安なまま、今を楽しむ

ある人は、頭の手術をしたのか、包帯を隠すようにキレイな色のニット帽のようなものをかぶっていらして、素敵だなと思ったものです。

私はパジャマよりネグリジェが好きなので、その上から羽織ものやストールを巻いていました。寝てできた服のシワなどうまく隠せて、羽織るものだけ変えれば違うものを着ているように見えますから、便利なのです。

人の目を気にしすぎて自分らしくいられないのは困りますが、人の目をまったく気にせず、服のシワや汚れ、自分の装いに無頓着なのもいけません。

緊張感を持つこと。

生きていくうえで、これはとても大切なことです。

たとえ病院の中で、患者という立場であっても、緊張感を忘れてはいけないと思いました。

放っておけば、人は楽に流される

私は一人暮らしをしていますから、いつも自分で自分を戒めます。

一人ですから、掃除をいい加減にしたって誰も文句は言いません。脱いだものを散らかしていたって、怒る人はいません。

だからといって、緊張感のない生活を自分に許してしまったら、私はみるみる駄目になってしまいます。

放っておけば、人は楽に流されるものです。

そして、流されないように自分を止められるのは、自分だけです。

ただ、老いて病気の一つでもすれば、何をやるのも面倒になります。

私だってお掃除もお洗濯も、正直面倒なのです。でも、

「面倒だからやらない」

ではなく、

「面倒だけれど、何とかしよう」

と思うように心がけています。

「何とかしよう」と考えて、工夫して、生活しやすくなるように知恵を働かせていくことが、日々に緊張感を忘れないために必要なことだと思うのです。

自立は人が生きるうえでの基本

介護施設などで働く方たちは、入居者の方が「自分でやる力」を失わないように、なるべく自分の力で食事をしたり、服を着替えたりするように気を配るといいます。

しかし、家族を施設に預けている人はそれを見て、

「どうしてもっと手伝ってやらないんだ」

「ぼろぼろこぼしながらご飯を食べているのを、なぜただ見ているんだ」

と不満を言うのだそうです。

手伝ってこちらでテキパキ片付けてしまったほうが、介護するほうも楽でしょう。でも、手を貸しすぎれば、入居者の方は今はまだできることまで、できなくなって、症状はさらに悪化し、介護ステージが上がってしまいます。

手を貸せばその人の力を失わせてしまうし、かといって見守れば家族にとがめられる。

その板挟みで介護職の方はかなり悩まれるそうです。

もう一人で靴が履ける小さな子どもが、

「靴を履かせて」

と甘えたら、お母さんはきっと、

「自分でできることは、自分でやりなさい」

と言うでしょう。

大人になっても、老いても、それは変わらないと思います。

3章

不安なまま、今を楽しむ

自立は、人が生きるうえでの基本です。

老いて誰かの手を借りなければ充分に暮らせなくなったとしても、置かれた環境の中で、できる限り自立すること、自分でできることは自分でやることを、忘れてはいけません。

しゃんと背筋を伸ばし、面倒でも自分を奮い立たせて、楽をしたくなる自分に流されない。

その緊張感が、自分が自分らしく生きるための力になります。

考え方一つで、明るくも暗くも

入院生活は、退屈だったり、忙しかったりする一方、非常に興味深いものでした。

基本的には、自分が台所に立たなくてもご飯が出てきますし、掃除もしてもらえて、用がなければ寝ているのが仕事のような日々です。好き勝手歩き回ることはできません。本を読んだり、テレビを見たりするのがせいぜいです。

一方で、朝から晩まで忙しい日もあります。熱を測ったり、輸血したり、採血したり、検査をしたりの繰り返しで、バタバタするのです。

私も針をたくさん刺されて、腕に大きなアザのような内出血ができてしまい、退院してからもしばらく残っていました。

病院ですからそれが当たり前ですし、治療なのだから仕方がありません。

でも、頑張って明るく考えていないと、だんだん沈んでいってしまいそうになります。

知恵を働かせて、おもしろくしていかないと、つまらないのです。

受け取り方は自分次第

入院中、面倒を見に来てくれていた姪があるとき、

「あちらでね、おじいさんとおばあさんたちが、並んで座って、アーンと口を開いて、順番におかゆを入れてもらっていたよ」

と言うのです。

同じ光景を見たとき、人によってさまざまな思いが湧き上がるでしょう。

老いた自分の親がアーンの列に並ばされていたら、少し寂しい思いがするかもしれませんし、歳をとってスプーンを持つのも億劫になった人なら、「あっちのほうが楽そうだなあ」と思うかもしれません。

最近になって体力の衰えを感じはじめた人は、「ああはなりたくない」と思うかもしれませんし、家族を介護中の方は、スプーンでおかゆを口に入れている看護師さんと自分を重ねて見るかもしれません。

小さいお子さんなら、おじいちゃん、おばあちゃんたちと一緒に食べさせてもらいたくなるかもしれません。

そして私は、姪がアーンの真似で食べさせてくれたので、笑ってしまいました。

また、姪が病院の廊下を歩いていると、見知らぬおじいさんが病室から見ていらして、「パンパン」と手を叩いたそうです。

よくわからないまま知らん顔して通り過ぎたら、今度は「おい」と声をかけてくる。

昔の男性はよく手を叩いて奥さんを呼びつけたりしたものでしたが、どうやらおじいさんもそのつもりだったらしいのです。

また別の日の夜には、別の患者のおじいさんが消化器を持って看護師さんを追いかける騒動が起こったと聞きました。

そういう話を姪たちが仕入れてきては、聞かせてくれました。

私はその話に「あらあら」と思ったり、笑わせてもらったりしながら、飽きない入院生活を過ごすことができたのです。

当事者は笑い話で済まないでしょうし、考えさせられることも多いですが、当たり前の日常には、なかなか起こらないことがたくさん起こるという意味で、病院は話題に事欠かない場所でした。

どんな状況も、受け取り方は自分次第です。

置かれた状況がどうであれ、自分の考え方一つで、明るくも暗くもなります。

笑うことを忘れずに

そういえば、こんなこともありました。

入院していると、担当医の先生が様子を見に来てくださるのです。

あるとき、食事の時間にいらしたのですが、私は病院食があまり口に合わなくて、姪に頼んで別のおいしいものを買ってきてもらい、ちょうどそれを開けたところでした。

すると先生は、それを黙ってじーっと見ているのです。

「あら、見つかっちゃった」と思っていたら、先生の視線に気づいた姪が、

「先生、よかったら召し上がってください」

とすすめたので、笑ってしまいました。

もちろん、その後、看護師さんにも見つかり、「病院食以外のものを、たくさん食べては駄目ですよ」と釘を刺されました。

人生の時間が限られていることを思えば、楽しく過ごせるに越したことはありません。

つらいことは誰の身にも起きます。歳をとればなおさら、病気や別れが否応なく訪れます。

それでも、笑うことを忘れなければ、沈んだ気持ちもいつか浮き上がってくるものなのです。

言われるがままに流されない

入院中、トイレに行こうとして何かに足をひっかけ、少しよろけてしまったことがありました。

すると看護師さんが、

「次にトイレに行きたくなったら、必ずナースコールしてくださいね」

と言うのです。

でも、私の病室はベッドとトイレは目と鼻の先。申し訳なくて、いちいち呼べません。よろけたのも、たまたま足をひっかけた一回だけのことでした。

ですから、私は一人でも大丈夫だろうと思ったのですが、看護師さんは「呼んでください」と引かないので、有り難いやら困ったやらでした。

そもそも、毎朝飲むように指示のある薬が利尿剤だったので、ただでさえトイレに行く回数が多かったのです。

退院する日の朝にも、利尿剤を飲むように言われました。

しかし、これから退院の手続きなどもあるし、荷物をまとめたり、移動したりしなければならないので、その間、何度もお手洗いに行ってはいられません。

ですから、「家へ帰ってから飲みますね」と言ったのですが、「そういうわけにはいきません！」と、看護師さんはやはり引かないのです。

結局、お医者さまに確認していただいて、やっとお許しがもらえました。


そういえば、入院中に寝てばかりいると、足が動かなくなり歩けなくなってしまうからと、先生がリハビリ専門の方を呼んでくださったこともありました。

「こうやって足を曲げてください」

などと動かし方を教えてくれるのですが、ほとんど私が朝や晩に日課としてやっていることでした。ですから、

「せっかく来ていただいて悪いけれど、私はいつもそれをやっているのよ」

と断ってしまいました。

体を動かす一環として、

「病院の外に出て、歩いてください」

とも言われましたが、入院中の私は当然パジャマ姿です。それを人に見られるのは嫌なので、これも「ごめんなさい」と断りました。

その代わり、軽く羽織れるものを着て、院内を歩くようにしました。

自分について考える

看護師さんから見たら、私は言うことを聞かない困った患者だったかもしれません。

もちろん、病気に直接関係することなら、多少の抵抗があっても言われる通りにします。

しかし、その他のことで、自分には必要ないと思ったことや、嫌だなと思ったことでも、言われるがままに「はい、はい」と流されてしまうと、いつの間にか自分で考えることをしなくなってしまうでしょう。

自分のことを一番わかっているのは自分です。

自分のことに関して、一番真剣に考えられるのも自分です。

だから、私はどんなときも、自分について考えることをやめないようにしています。

「新しいこと」に目を向けてみる

知人のおばあさんが、掃除をしなくなってしまったそうです。

理由を聞くと、

「掃除機が重いから、出してくるのが大変なの」

とのこと。そこで、充電式のハンディークリーナーをすすめたところ、喜んで掃除をするようになったそうです。

実は私も、マキタのハンディークリーナーを愛用しています。

ご存知の方もいらっしゃるかもしれませんが、この掃除機のテレビＣＭにも出演しています。ＣＭを見た方たちから、

「あなた、顔が出てたけど大丈夫なの!?」

と心配していただいたり、

「私も買ったわよ。便利ね」

と連絡してくださる方もいたりで、大笑いしたものです。

そんなに高いものではないのに、軽くて、よく吸うので、すいすい掃除ができます。コードレスなので自由自在に動かすことができて、とても便利です。


掃除機一つ変えるだけで、家事の負担がかなり軽くなります。

お部屋をいつもきれいに保てますし、「今日もお掃除しなかったわ」という罪悪感を抱くこともなくなります。

私はこれを通販雑誌で見つけて購入したのですが、便利なものは迷わず使ってみるものです。


日本人は物を長く、大事に使うことを美徳としてきました。

それに、歳をとると余計に、新しいものを使いはじめることを躊躇したり、わざわざ買わなくてもと尻込みしたりします。

でも、生活が便利になるなら、お金を出して、新しく取り入れる価値があると思います。


先日、私は台車を買いました。

外ではなく、家の中でこれを使っています。

お野菜などをよく送っていただくのですが、大きいダンボール箱を玄関から奥の台所まで運ぶことが、私にはもうできません。重たいものが持てないのはもちろん、屈んで作業をすると息切れしてしまいます。

以前は、親戚が来たときに頼んで運んでもらっていましたが、荷物によっては日持ちしないものもありますし、タイミングが合わなければ、長い間玄関に置かれたままになってしまいます。

そこで、何とか人に頼らず運べないものかと考え、かわいらしいピンク色の台車を買ってみたのです。

これが思いのほか便利でした。

宅配の方に頼んで、荷物を台車の上に置いてもらえば、あとは押して運ぶだけ。足腰にちっとも無理がありません。

この話をしたら、私のお友だちはみんな台車を買いました。

荷物だけでなく、ゴミ袋を運ぶのに使っているという人もいて、なるほどと思いました。

いいもの、便利なものを身近に

世の中では、便利なものが日々新しく生み出されています。

新しいものに目を向けてみると、生活がより良くなる便利なものが見つかるかもしれません。

耳寄りな情報はいろいろなところに落ちています。テレビから聞こえてくることもありますし、雑誌のページをめくっていて目に留まることもあります。

でも、漫然と過ごしていては、それに気づけません。


「この困った状況を、解決できるものはないかしら」

「もし、こういうものがあったら便利なのに」


という〝アンテナ〟をいつも立てて置くことです。

そうすれば、自然と情報に目が留まるようになります。

たまには、普段あまり見ないチャンネルに変えてみたり、読まない雑誌を手にとったりしてみると、思いがけない出会いがあるかもしれません。


もう歳だからと遠慮しないで、新しいものにも目を向けてみてください。

生活が便利になるものや、悩みを解消できるものを見つけたら、そこにお金をかける価値はあります。

お金をかけなくても、贅沢を楽しむことはできます。

けれど、便利さや快適さのためには、思い切ってお金をかけたほうがいいことも多いものです。

いいもの、便利なものを、身近に置いておきたいものです。

身の回りを小さく整える

昔は男性も女性も家にこだわり、住み慣れた場所から離れたがらないものでしたが、最近は老いてから住み替える人も少なくないようです。慣れ親しみ、知り合いの多い土地を離れて、都心のマンションに移ったという話もよく聞きます。

一つには、子どもも巣立ち、夫婦二人で過ごすには、家が広すぎるという事情があるように思います。掃除するだけで一苦労ですし、さらに足腰が弱ってくれば、もっと手狭な住まいで充分だと感じるのでしょう。

3章

不安なまま、今を楽しむ

私の講演会に来てくださったことのある方が、ある日の夜、急に電話してきたことがありました。

夜、ガランとした誰もいない広い家で、一人ぽつんと座っていると、寂しくておかしくなりそうだと言うのです。

そういう思いをするくらいなら、歳をとったら、思い切ってもっとコンパクトな家に住み替えてみるのもいいかもしれません。

私は今、夫と姑と過ごした家に一人住んでいますが、半分は倉庫にしてしまいました。

思い出のつまった愛着ある家ですが、やはり一人には広いのです。

生活の仕方を変えることを嫌がる人もいますが、思い切って決断し、行動してみたら、「やってよかった」と思うものです。

姑が私たち夫婦と同居することになったときは、あっさりと持ち物を整理して、本当に最小限のものだけ我が家に持ち込み、新しい生活をはじめました。過去の生活を引きずらず、きっぱりと切り替えた様子は見事でした。

歳をとると、手広くは難しい

コンパクトにしたほうがいいのは、家だけではありません。

たとえば、人付き合いもそうです。

若いころのように方々へ出歩けませんし、お中元だの年賀状だのといったやり取りも、手間やお金がかかって大変です。

私は、

「歳も歳なので、これからはご遠慮します」

と一言断って、年賀状などはやめてしまいました。

その代わり、おいしいものを見つけたときなど、

「あの人に送って差し上げたら、喜んでもらえそう」

と、ふと誰かの顔が頭に浮かんだときは、お送りするようにしています。


一昔前は、どこのお宅にも縁側があったものでした。

ご近所さんがひょっこり顔を出してきて、縁側に腰掛けて、お茶をいただきながらおしゃべりするような風景が、都会にもあったのです。

その光景は今、見られなくなってしまいましたが、心や思いはまだまだ残っています。


私が入院したときなどは、心配した隣近所の方が携帯電話の番号を教えてくださって、「何かあったら言ってください」と声をかけてくれました。

その旦那さんは、小さいときにはお母さんに叱られたと言って、我が家の庭先で泣いていたこともありました。

昔から知っているので、裏も表もないのです。

いつもお付き合いがあるわけではないけれど、何かのときには力になってもらえるという安心感があります。

そのくらいの距離感で付き合っていくのが、一番快適ではないでしょうか。

歳をとったら、何でも手広くとはいきません。思い切って、身の回りを小さく整えておいたほうが、暮らしやすくなるものです。

4章

合う人もいれば、合わない人もいる

黙って見守ればいい

年寄りには、時間もありますし、あれこれ人のことが目について、口出ししたくなるものです。


「まだ、結婚は考えてないの？」

「そろそろ家を出たらどうかしら？」

「お仕事はどうなの？」

「先のことをちゃんと考えているの？」


こんなことを孫や親戚に言っていませんか。

自分は親切心のつもりであっても、言われた方は、

「お節介な人だな」

と思うものです。

相手のほうから相談されたのならいざしらず、そうでないなら黙って見守ることです。

少なくとも働いているのであれば、長い目で見てあげたらいいと思います。

当事者たちは周りが思う以上に考えている

ある知人が、男性の孫が二人、いい歳になっても実家を出る様子がないので、「先のことをちゃんと考えているのかしら」とこぼしていました。

ただ詳しく聞くと、いい歳といってもまだ二十代。

男三人兄弟で、長男はすでに家を出て、家庭を持っているのだと言います。

私が思うに、最初の一人は家を出やすく、残った方はなかなか出ていきにく

きにくいという子どもの側の心情もあります。

親御さんが寂しくなるというのもありますし、老いた親を残して出ていきにくいという子どもの側の心情もあります。

若い人がいれば、ちょっとした力仕事や、電球の付け替えなど高いところの作業を任せられるため、親も安心感があるでしょう。

それに、働きざかりの年代なら、実家に住めば身の回りのことをやってもらえてとても楽なはずです。

家に帰ったら温かい食事ができていて、汚れものは洗濯済みで、お布団も干されてふかふかという生活は、手放し難いはずです。

一人暮らしをはじめても、週末になると一週間分の洗濯ものをどっさり抱えて実家に帰る、という人もいます。

親も、そうなるよりは一緒に暮らしながら、面倒をみたほうが楽なはずです。

いろいろと利点があるからこその、現状なのでしょう。

当事者たちは周りが思う以上に考えています。

自分の人生ですから、当然です。


「このままでいいのだろうか」

「先々はこうなりたい」

「いつまでも世話になっていられない」


そういうことをみんな考えています。

実際、「あの子はなかなか実家を出ないな」と気にしていたら、ある日あっさりと結婚して出ていってしまった、ということはよくあるものです。

ですから、余計な気を回して、口出ししないこと。

親切心がお節介になることも

また、もし子どもや、親戚や、身の回りにいる人が、自分で決めて行動を起こそうとしていたら、うるさいことは言わずに見守ってあげたらいいと思います。

歳をとると、とかく人のことが気になり、口出ししたくなります。

「自分たちの時代は……」と語ってみたくもなります。

とくに子どもや親戚の若い人のことなど、すでに成人していい歳になっていたとしても、年長者としてあれこれ言いたくなります。

しかし、本人が悩み考えて決めたなら、その行動を黙って見守ることです。

昔話もときどきであればいいと思いますし、明らかに間違った道を進もうとしていたり、人に迷惑をかけていたりするようなら、口を出すことも必要ですが、そうでないなら、

「そうか、そうか。そういう考え方もあるか」

と頷いて、見守ってあげましょう。

こちらが一歩引くと、

「これは、どうすればいいですか？」

と、あちらから一歩踏み込んでくることもよくあるものです。

見守り、任せて、若い人が経験を積むお手伝いをしてあげられるのも、年配者の特権というものです。

成功するにしろ、失敗するにしろ、責任をその人自身に持たせてあげるのも、年配者の役割ではないでしょうか。

うるさくしない。聞き上手になる

もし、先々の自分のことについて、自信がなくて決断できないという人が相談を持ちかけてきても、話を聞くだけにしておきましょう。

あまりに明確に、

「こうしたらどうかしら」

とアドバイスしてしまうと、仮にその人が失敗したとき、

「あなたがこう言ったから、その通りにやっただけ」

「失敗は私のせいではない」

という逃げ道を与えることになるかもしれません。

確かなことは言わずに、

「あなたが思うようにやってみたら？」

と、上手に割り切って決断するための、手助けをしてあげたらいいと思います。


誰かの力になってあげることが、悪いのではありません。

心底困っていて、どうしようもなくなり頼ってきた人の話を聞き、できる限りの手を貸すのはいいことです。

ただ、頼られたわけでもないのに、勝手に心配して、勝手に口出しをするのは、うるさがられるだけです。気になって仕方がなくても、黙って見守るほうがいいこともあります。

そして、もし相談されることがあったら、とにかくじっくり話を聞いてあげてください。

口うるさくしないこと。
聞き上手になること。

とくに若い人とのお付き合いには、この二つを戒めとして心に刻んでおくことが大切ではないかと思います。

意見が食い違ったら、自分が引く

私は人と争うことが好きではないですし、お説教もしません。

良くないと思うことはそう言いますし、批判はしますが、

「そんなことはない！」

と相手が言うのであれば、

「そうか、そうか」

と頷くだけにします。


人にはその人なりの考え方がありますし、誰にだって言い分はあるわけです。

もちろん私にも、みなさんにもあります。

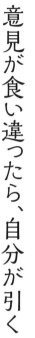

ただ、私は言い合いになるのが嫌なので、相手と意見が食い違うようであれば、私から引いてしまいます。

言い合いも相手があってのことで、こちらが引けば向こうも挙げた拳を下ろすことができますから、その場は収まります。

それでいいと私は思います。


逃げだと思う人もいるかもしれません。

でも、考え方が合わない人は確実にいますし、そういう人との話は平行線のまま交わりません。終わりがないので疲れるだけです。

「ただ聞いている」ほうが喜ばれる

友人の相談や愚痴もそうです。

とくに相談を持ちかけてきたのが女性の場合は、悩みごとを解決したいというよりは、「自分の困った境遇をとにかく誰かに聞いてほしい」という思いのほうが強いことが多いのです。

ですから、

「こうしたらどう？」

「ここが悪かったんじゃないの？」

と下手に指摘してしまうと、

「そういうことじゃない」

「どうしてわかってくれないの」

「私は悪くない」


と、話が終わらなくなってしまいます。

「そうか、そうか」

と頷いて、自分の意見など言わずにただ聞いているほうが、相手に喜んでもらえることも少なくありません。

自分の考えは、自分がわかっていればいい

私の夫は口うるさい人で、相手が少しでも言い返そうものなら、さらに話が長引いたものでした。

あるとき、家にいらっしゃった女性の作家の方と言い合いをはじめてしまったのです。あまりに長いので打ち切りにできないかしらと思い、親しい方でしたので、

「ちょっと、お風呂の火を見てくれますか?」

と、頼んでみました。

驚いた顔をしながらも、その方は立ち上がってお風呂へ行ったのですが、な

ん と夫はそれを追いかけて、さらに文句を言い続けました。

そういう人でしたから、私は何か言われても、

「はい、はい」

と言っているだけでした。

こちらは黙って聞いているほうが利口で、面倒がないのです。


ある意味、お付き合いの中でもとくに家族との付き合いでは、「自分から引く」というやり方は大切になるかもしれません。

同じ家に暮らす家族は、親しさの上に成り立っているように思われます。

しかし、良い部分も悪い部分もお互いよく見えているだけに、距離が近いからこそ揉めることも少なくありません。

嫁姑問題はその最たるものでしょう。

友人としてお付き合いしている限りは優しく人柄の良い人が、実はお嫁さんにつらくあたっていたということが、私の周りでもあったものです。

家族という近い間柄だからこそ、距離感を持っていたほうがうまくいくこともあります。

相手が家族だから、子どもだから、親だからと甘えて、言いたいだけ言うのではなく、ときには自分から引いて、

「はい、はい」

と頷くだけにしておきましょう。

心の中で、

「だけど、私はこう思うな」

とつぶやけばいいのです。

自分の考えは、自分自身がきちんとわかっていればいいのです。

人との距離感を間違えない

人とのお付き合いは、かけがえのないものです。この歳になると、しみじみそう思います。

親しくしている人と、気兼ねなく話ができる関係が築けているとしたら、それは人生においてとても貴重なものです。

ただ、どんなに付き合いが長くて、たくさんの時間を共有してきた相手であっても、

「ここからは踏み込んではいけない」

というラインがあります。

どんな状況であっても、相手が決定的に傷つくことや、不快になるようなことを言ってはいけないのは、当たり前のことです。

また、人にはそれぞれ違う事情がありますし、これまでの経験や置かれた環境から、触れてほしくないことや、聞かれたくないこと、「親しいとはいえ、そこまではやってほしくない」と思うことが誰にでもあるでしょう。

そこには、決して踏み込んではいけません。

いいお付き合いを長く続けるために

たとえば、仲が良くて、何度もお宅にお邪魔させてもらっていれば、食器がどの棚に入っているか、スプーンがどの引き出しに入っているか、わかるようになるものです。

だからといって、気を利かせたつもりで、断りもなく棚を開けてお皿を並べたりすれば、

「そこまではやってほしくない」

と相手が思うこともあるでしょう。

こういうとき、せめて、

「お手伝いしましょうか」

「あら、ありがとう。それなら、そこの棚の食器を出してもらえますか」

というやり取りがあれば、相手の印象も変わってくるのですが、距離感を間違ってしまう人は、「その一言」に思い至ることができません。


ここからは踏み込んではいけない。

こんなことまでやってはいけない。


ほんの些細な違いかもしれませんが、それを心得る利口さが、いいお付き合いを長く続けるためには必要ではないかと思います。

人間、最後は一人

どんなに親しい人がいても、たくさんの友人がいても、人間、最後は一人です。

そう思ってお付き合いをすることが大切です。

いくら親しくても、こちらのことを、洗いざらい話していいわけではありませんし、そんなことはできないものです。隠しておきたいことや、そうしなければならないこと、知られたくないことは、どんな人にもあります。

自分のすべてを知っているのは、やはり自分だけです。

たくさんの人に囲まれ、時間を共有し、楽しく過ごして死ぬとしても、やはり人間、最後は一人なのです。

それは悲しいことでも、寂しいことでもなく、自然なことです。

人に言えないことがあるのも当然です。

むしろ、自分のずるいところや、つらい経験や、苦しみ、悲しみをすべて見せてしまえば、相手にとっては負担にしかならないでしょう。

良いところも悪いところもひっくるめて、「自分」という人間を抱え込めるのは、自分だけです。


相手に対しても同じことが言えます。

相手がすべてを話してくれなかったとしても、それを不満に思うのではなく、言いたくない気持ちを汲み取って、知らぬふりをしておくことです。

誰かに寄りかかろうとしたり、逆に相手に踏み込み過ぎたりすれば、その人との結びつきは長くは続きません。


お互いに、自分が一人であることを意識しておくこと。

それが、いつまでも続くいい関係には欠かせないのです。

嫌いな人とは付き合わなくてもいい

いつも一緒にいて、どんなことでも「そうよね」とわかり合える関係というのは、たいていどちらかが妥協して「そうよね」と言っているものです。本当の意味での〝仲の良さ〟は、たとえお互いの意見が食い違っていても、認めて受け止められる関係です。

私も長く生きてきましたが、若いときからずっと続く親しいお付き合いをしてきた相手は、数えるほどしかいません。

その中でも特別だったお友だちは、数年ぶりに会った日も、昨日も会ったような気分で、どんなことでも話ができる人でした。遠くにいてもお互いを見守っていましたし、ふとしたときに「これは、あなたのためによくないと思いました」と、お手紙をくれたこともありました。

私にとってかけがえのない人だった彼女は、二十年ほど前に亡くなりました。名古屋住まいだった彼女が、あるとき急に「会いたい」と東京に出てきて、「乳がんなの」と言ったのです。彼女には二人の娘さんがいました。

「これから成長する娘たちの、話し相手になってもらいたいの。それだけ頼みに来たのよ」

彼女はそう言いました。

彼女の娘さんたちとは、今でもお付き合いがあります。ときどき枝豆を送ってくれたり、講演会に足を運んでくれたりするのです。

生涯の友人との最後の約束を、守ることができたかなと思っています。

親しいからこそ、楽しくない話を我慢して聞くこともない

生きていれば、そういう幸せな出会いもあります。

けれど、困った人との出会いも同じようにあるものです。

たとえば、口を開けば悪い言葉しか出てこない人とのおしゃべりは、苦痛でしかありません。不確かな悪いうわさや、からかい半分の悪口など、したがる人は多いものです。そういうときは、

「そういう話は、私聞かないの」

と言って話題を変えたり、できるならその場を離れて困った人と距離をとったりします。

そういう人とわかったら、以後は接点を持ちません。

身近な人、たとえば親戚がこぼしている愚痴などは、聞いていたって楽しく

ありませんから、

「愚痴は聞きたくないわ」

と言ってしまいます。

もちろん、お互いよく見知っている親しい間柄だから言えることです。親しいからこそ、楽しくない話を我慢して聞くものでもないでしょう。


でも、そうは言えない相手もいます。

また、愚痴というより怒りや悔しさでいっぱいになって、「自分が正しい！」と主張したくてたまらなくなっているような人は、こちらが何を言っても聞く耳を持ちませんから、言いたいだけ言わせてしまうことです。

大半を聞き流しながら、もっともらしく頷いておいて、相手の話があらかた終わったところで、

「そうなのね。わかったわ。私はこう思うけどね」

と、最後に言うだけにしておきます。

自分にとって、心地いいお付き合いを保つための知恵です。

合う人もいれば、合わない人も

お付き合いの中にも違いがあって、「知り合い」と「お友だち」は大きく違うと思います。

「知り合い」とは、文字通り「知っている人」であって、顔と名前を知っている、会話をしたことがある人ということでしょう。

「お友だち」とは、お互いにさまざまなことについて相談できる人のことを指すのだと思います。私にとって「お友だち」は、特別な方たちです。

そう何人も出会えるものではありません。

私が信頼できるというだけでなく、相手にも信頼してもらえて、はじめて「お友だち」と言えると思います。

合う人もいれば、合わない人もいます。

一年に一回会うだけなのに、いつでも話がはずむ相手もいれば、頻繁に会ってもわかり合えない人もいます。


知り合いだけれど話が合わない人や、お付き合いが面倒な人もいますから、そういう人とはなるべく接点を持たないようにします。

「付き合わない」というお付き合いの仕方もあるのです。

お付き合いは大事ですが、嫌な気分になってまで人と会うことはありません。

人生の時間は限られています。貴重な時間をできるだけ楽しく過ごすために、楽しめないことに時間を割くことはありません。

むやみに波風立てるのはよくありませんが、困った人や苦手な人からは、上手に逃げる賢さを持つことです。

「相手に悪いから」などと、罪悪感を持つ必要もありません。

できることなら何も言わず、さりげなく距離をとるのが一番。
言っても、一言だけにしておきましょう。
短い人生です。
自分にとって大切な人とのお付き合いを、大事にしてください。

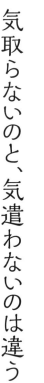

気取らないのと、気遣わないのは違う

夫はよく飲む人でした。

男の人は「家で飲めばタダだ」と思っているので、外で飲んで店が看板になると、みなを家に連れ帰ってきてまた飲むのです。

常連の店のママさんまで連れてきて、飲むこともありました。

お酒はもちろん、一緒につまめるものも何か用意しなければなりません。

「お腹がへったから、炒飯食べさせてください」

なんて言い出す人もいました。


家族でさあ夕飯を食べようか、というときにドヤドヤとお客さんがみえて、

「今晩はこれしかありませんから、分けて食べましょう」

という日もありました。缶詰やおせんべい、ピーナッツなどは年中買ってあって、それをみなでつまんでもらうこともありました。

酔っぱらいたちが、そのあたりにゴロゴロ寝はじめたら、私もようやく休めます。

昔の文士というのは、そういう人が多かったので、家族は大変でした。

そういった毎日が続けば、こちらも何かと工夫を覚えていくものです。

急なお客さんがあったら、給仕する合間に、大根を一センチ幅くらいでザクザク切ったものを、同量のお酒とお醤油でつけておきます。

一時間くらいで充分食べられるお漬物になり、切り分ければ量もたっぷりになります。お酒もまわったころには、ちょうどいいつまみになったものでした。

朝もご飯の用意をしなくてはなりません。

人数も多いですから、まずはお米をたくさん炊いておにぎりにして、昨夜の残り物などは、大皿に盛っていたものを小鉢で一人分ずつに分けて並べます。それだけでも、違ったふうに見えるものです。あとは、お漬物でもあれば充分でした。

毎度のことでしたから、あるもので工夫しておかずにしたり、間に合わせでさっと作ったりする腕は鍛えられたものです。

それに、自分が食べておいしくないものを、人に出したりはできませんから、知恵を絞りました。

また、出てくる料理を見て、飲みにいらしていた新聞社の方が、

「一週間の献立を書いてみませんか」

とお仕事をくださったり、それがきっかけでさらに仕事が増え、さらに飲む人まで増えていったりということもありました。

4章

合う人もいれば、合わない人もいる

心遣いを忘れない

あまり気取らず、ありのままでお迎えしたほうが、迎えるほうも来るほうも気分良くいられるものです。

ただ、どんなときでも「心遣い」だけは忘れてはいけないと思います。

以前、友人の紹介で、ある有名なお茶の先生の席に招かれたことがありました。その席で出された〝くず桜〟を見て、私はがっかりしてしまったのです。くず桜に添えられた葉が、ビニールでできた葉でした。

それしかなかったのなら仕方がありませんが、もし私がお招きする側なら、いっそビニールの葉は外してしまったでしょう。

それがお茶の席のことで、私も楽しみにしていただけに、ひどくがっかりしたものです。

ビニールの葉は、外してお出ししよう。

それに気づけるのが「心遣い」というものです。

まだ姑が健在だったころ、姑のお弟子さんだったお茶の先生が、我が家にいらっしゃったことがありました。

お菓子の用意が〝のし梅〟しかなかったのですが、思い返せばその方は前の週にもいらっしゃって、そのときお出ししたお菓子も同じ〝のし梅〟だったのです。

同じものを二週連続でお出しするのは、あまりよろしくない。

かといって、他のお菓子の用意はない。

「見た目だけでも」と思い、のし梅を切ってわらびの形にしたものを器に盛り、お出ししてみました。

「あら、こういうやり方もあるのね」

と喜んでくださったので、ほっとしつつも、これではいけないと反省しました。

反面、気を利かせたつもりが裏目に出る場合もあります。

あるとき知り合いのご主人が、招かれて行ったお宅から帰ってきて、

「帰りに奥さんが『またお出でくださいませ』と玄関で三つ指ついて挨拶してくれて、門のところまで玉砂利のいい音をさせて見送ってくれたんだ」

と、自分の奥さんに話したそうです。

言われた奥さんは、

「そんなこと言っても、うちの玄関に手をついてお辞儀するところなんかないし、門まで送って出たって玉砂利も何もないわよ！」

と怒っていました。

狭い玄関に座り込んで三つ指つくのも窮屈ですし、玄関を出ればすぐそこにある門まで見送っても、かえって相手に申し訳なく思わせるだけでしょう。

大邸宅なら様になるかもしれませんが、そうでなければ似合いません。場に

そぐわなければ、みっともないのです。

「ほんのひと手間」がかけられるか

これは、お客さまをもてなす場合の話ばかりではありません。

たとえば、ちょっと疲れてお台所に立つのが億劫な日に、お惣菜を買ってきてお夕飯にした経験は誰にでもあるでしょう。

ただ、買ってきたパックのままで食卓に並べるのと、お皿を出してきてきれいに盛りつけをし直してから並べるのとでは、食事をするときの気分がまったく違うはずです。

ほんの一分の手間。

ほんの少しの心遣い。

心地いい時間を作るために必要なのは、ほんの少しのことです。

それに気づけるかどうかで、暮らしの雰囲気も変わります。

ちょっとした気働きが、心遣いになります。

歳をとると、一手間が面倒になって、

「これでいいか」

となりがちです。

そこをほんの少し頑張って、手間をかける。

その頑張りを、いくつになっても忘れたくないと思っています。

5章

一日一日を大切に生きる

変化を受け入れる

私はあまり、くよくよすることがありません。

人生を順風満帆に生きてきたわけでもありません。たくさんの別れも経験してきました。

しかし、大抵のことは「何とかなる」と思っていましたし、実際に何とかなったものです。

ただ、私はいつでも「自分はこうしたい」という思いを強く持っていて、それが実現できるように行動してきたのです。


夫が亡くなってからの一人暮らしが快適だったのも、

「自分がそうしたい」

と思ったことを素直に行動したからだと思います。

もちろん、夫と暮らした日々にも幸せがありました。

自分の思い通りにならないことも多かったけれど、それはそれで楽しかったものでした。

ただ、一人になったら、それもまた楽しかったというだけです。

夫婦生活は妥協の固まり

夫婦・家族との生活というものは、幸せや充実感がありながらも、一方では限りない妥協を求められるものです。

〝妥協〟と言ったら、大げさに思われるかもしれません。

でも、たとえば読んでいる本が、いよいよ佳境に入ってきたときに「ご飯ですよ」と言われたら、読むのを切り上げなければいけません。

家事が一段落してようやく腰を下ろしたところに、「お茶を淹れて」と言われたら、「よっこいしょ」ともう一度立ち上がらなければなりません。

自分の都合ばかり主張していたら、家族との生活は成り立たないのです。

そういう〝妥協〟に、限りなく満ちています。


もちろん、妥協が悪いということではありません。夫婦、家族としては当たり前のことです。

家庭という枠組みの中で、みなが気持ちよく暮らしていくためには大切なことであり、愛情があるからできる〝ゆずりあい〟です。

私も、家族との暮らしの中では、妥協することも受け入れられました。


ただ、一人になったことで、私は妥協せずに済むようになりました。

何でも思い通りにできる自由気ままなその一人暮らし生活が、私にはとても合っていたのです。

やりたいと思うことも、たくさんありました。
仕事もしたいし、人にも会いたいし、何より食べたいものを食べたいときに食べたい。
一人ならすべて思いのままです。

ひどく疲れたなと感じたら、ときにはお掃除をサボるのも自由です。
眠くなったら、誰に気兼ねすることなく、寝たいときに寝られます。
読みたい本があれば、寝食を忘れて読むこともできます。

一人になる寂しさよりも、やりたいことをやれる楽しさが勝ったから、私は一人暮らしを続けてこられたのです。

嘆いても現実は変わらない

夫婦は、いずれ必ずどちらかが一人になります。

その覚悟を持っておくことが必要です。

連れ合いや子どものために一生懸命尽くして生きてきた人は、一人になると途端にがっくりと気力をなくすこともあります。


一人は寂しい。

家族のいない生活がむなしい。

その気持ちはわかります。

しかし、どれだけ嘆いて暮らしていても、現実は何も変わりません。

5章

一日一日を大切に生きる

変化を受け入れてください。

悲しい別れも変化の一つです。

自分が歳をとったことや、老いたこと、体を壊したこと、一人になったことも、誰にでも訪れる当たり前の〝変化〟なのです。

身に起こる変化に合わせて、自分を上手に切り替えていく思い切りの良さが、人生をいい方向に導いてくれます。

そして、変化した自分にぴったりの生きがいを見つけてください。

生きがいが見つかると、暮らしが楽しくなります。

人生が充実し、前向きに生きていけるようになります。

どうせ生きるなら、楽しいほうがいい。

私はそう思いながら今を生きています。

追いかけても仕方ないもの

おもしろいもので、たくさんの人と一緒に過ごす時間を、

「楽しいな。幸せだな」

と感じ、みなの輪の中で笑える人は、実は一人でいる時間も同じように楽しく、幸せに暮らせるものです。


自分は認められていないとか、本当の自分をわかってもらえないといつも嘆いて、なかなか輪の中に入ろうとしない人ほど、一人に耐えられません。


一人でいようが、大勢でいようが、そこにいる自分自身は同じです。

自分がしっかりしている人は、どういう状況でも、自分らしく暮らせます。

もちろん、一人でいるときに寂しさや不安を、まったく感じない人などいません。

どんな人でも、子どもから大人へと成長し、親元から離れて一人暮らしをはじめるときには、寂しさを感じたはずです。

また、長年連れ添った相手を亡くして一人になれば、悲しみや不安にさいなまれるものです。

でも、その悲しみの中に沈んでもいられません。

生きていくためには、ご飯も食べなければいけないし、お風呂にも入らなければいけません。掃除もしなければいけません。

ゴミを捨てたり、買い物したりするために外に出れば、誰かに会うかもしれないし、その人と世間話をすることになるかもしれません。

自分が動かなければ、暮らしていけないのです。

一人で生きていける人も、一人が寂しくないわけではないし、不安がないわけでもないのです。

しかし、生きていくためには、「それでもどう生きていくか」を考えなければいけません。

それに、どうせ生きていくなら、楽しく幸せに生きたい。だから、「どう楽しく生きていくか」も考えなければいけません。

人はそうやって生きていくものです。


私は戦争を見ています。

否応なく家や家族を奪われ、一人で放り出された子どももいました。

世の中には、どう生きていくかという選択肢も手段も充分に与えられないいま、それでも生きてきた人がいるのです。

だから、いい歳をした大人が「一人で寂しい」などと、いつまでも甘えていてはいけない。

私はそう思います。

寂しさに浸り続けるか、今を楽しむか

ないものを追いかけても、仕方がありません。

老いて若さを追い求めても無理な話ですし、一人になったことを嘆いても、二人の生活は戻ってきません。

それなら、一人になったことを受け入れて、一人の楽しみを思う存分満喫しなくては、もったいないというものです。

つらいと嘆いても、寂しいと泣いても、何も変わらないのです。

一人の寂しさから抜け出せない人は、こう考えてみてはどうでしょう。

自分には、家族と暮らした楽しく幸せな思い出がある。

そして一人になったことで、一人だけの自由な時間を楽しめるという、さら

なる贅沢が残されている。

多くはないかもしれないその時間を、楽しまないのは損というものです。

今あるものを受け入れて、最大限に楽しもう。

私はそうして生きてきたことで、ずいぶんと救われました。

寂しさに浸り続けるか、一人を楽しむか。

どちらを選ぶかは自分次第です。

明るく生きていくために

ある人が電話をしてきて、

「ここ三か月で、四キロも痩せてしまった」

と言うのです。ちゃんと食べているのか聞いたら「食べたくない」と言います。

「それは甘えよ。ちゃんと食べなきゃ、痩せていくのは当たり前じゃない」

と叱りました。

「自分の生活に責任を持たなきゃ駄目よ」

と話したら、それからしばらくして、

「きちんと食べたら、三キロ太っちゃったわ」

とのこと。笑ってしまいました。


そういう私は、この歳にして初めての入院生活で、太ってしまったのです。

なぜなら、病院の食事というのは、おいしくないのです。

味より健康のことを考えて作られたものですから、仕方ないといえばそうですが、おいしくない。

体のためとはいえ、食べることが生きがいの私は、やはりおいしいものが食べたくなってしまいます。

そこで、御見舞に来てくれる姪に、「何かおいしいものを買ってきて」と頼み、こっそりそれを食べていたら、太ってしまいました。

それでも元気になって退院できたのですから、おもしろいものです。

社会に出られなくなったら、来てもらえばいい

私はもうすぐ、九十九歳になります。

周りは「百歳になったら、こんなことをやりましょう」「イベントをやりましょう」と声をかけてくださって、「そこまでは無理なんじゃないかしら」なんて私はのんきに笑っているのですが、とても有り難いことだと思います。

たくさん笑って、明るく生きていれば、世の中は相手にしてくれるものです。声をかけ、気にかけてくれて、楽しい話でまた私を笑わせてくれます。

明るく暮らすことが一番だと、日々そう思います。

社会に出られなくなったら、社会のほうに来てもらいなさい。

そういうことを考えて生きなければ駄目だよ。

夫は生前、私によく言っていました。

本当にその通りだと思います。

歳をとったら、自分から外に出ていくのは億劫ですし、覚束ない足で出かけて、転びでもしたら、かえって大事になり周りに迷惑をかけかねません。

まだ元気なうちは内にこもらず、外に出て人に会い、話をして、ときにはお招きして、周りのほうからも来てもらえる環境を作っておくことが大切です。

とにかく「楽しく話す」

また歳をとってからは、「人と話す」ことが、かけがえのないものだと痛感しています。

話す機会がなくなってしまうと、口も頭も回らなくなって、当たり前のことがどんどんできなくなってしまうのです。

以前はしっかりした人だったのに、内にこもりがちになった途端、火にかけた薬缶に布巾をかぶせて火をつけてしまった、ということがありました。

また話をしていても、あっちに話題が飛んだり、同じことを何度も繰り返したりするようになった人もいました。

振り返ってみると、一人になったり、体を悪くして家にこもったりしたことがきっかけで、人に会わなくなり、話す機会がなくなってから、そうなってしまったように思うのです。


体が動くのであれば、外に出て、人に会うことです。

たくさんおしゃべりをして、笑うことです。

来てくれる人がいたら喜んで迎えて、話をすることです。

暗いことより、明るいことを見つけて、楽しく話すことです。

いっぱい食べて、いっぱい寝て、当たり前のことを続けることです。

そうすればきっと、明るく生きていけると思います。

私がいい見本です。

「老い」の準備をはじめる

人が老いるのは当たり前のことです。

もっとも、今となっては私も「当たり前のことだな」と身をもって知っていますが、以前はそうではありませんでした。

姑の介護をしていましたから、頭ではわかっていたのです。

けれど、実際に自分が重いものを持てなくなったり、しゃがんで作業することがつらくなったりしはじめたときは、ひどく驚きました。

老いとはこういうことなのだと、経験することではじめて本当の意味で理解できました。

その年にならなければ、わからないことがある。

姑はよくそう言っていました。

自分の体の自由がきかないという現実は、想像以上につらく、イライラするものです。

今まではできて当たり前だったことができなくなる。

それが病気のせいではなく、老いたせいであれば、回復することは十中八九ありません。

何か工夫してできるようにするか、人の手を借りるかしか選択肢はないのです。

すると、なんだか気持ちがいじけてきます。

「どうせ、できないもの」

「どうせ、年寄りだもの」

といじけすぎて、

「あなたが手伝ってくれなかったから、失敗したのよ」
「どうしてやっておいてくれなかったの」

と、〝できない自分〟を誰かが助けるのは当然だと、思い込んでしまう人もいます。

みな、はじめは自分の老いを受け止めきれないのです。

心の準備がとにかく大事

老いてみなければわからない現実はあります。

それでも、自分が老いること、できなくなることの心構えはしておくことです。

親など身近に老いのお手本になる人がいれば、足腰を悪くしてからどうやって暮らしているのか、何がつらそうか、どうしてああいうものをほしがっているのかと、観察してみてください。

その姿を、老いた自分に重ねてみてください。

いつか自分も同じような苦しみを経験するかもしれません。

食事をこぼすようになったり、テレビが見えなくなったり、話しかけられても相手の声が聞こえなくなったりするかもしれません。

それを想像しながらお世話することで、老いを疑似体験できます。

この体験があるかないかは、老いてからの生き方を変えるくらい大きな違いです。

「老い」の準備はできていますか。

お金や相続やお墓のことではなく、心の準備です。

テレビ番組で漏れ聞いた情報や、雑誌の老後問題の特集を読んで、わかった気になっていませんか。

杖をつき、誰かの手を借りながらゆっくり歩いているお年寄りを、他人事のような目で見ていませんか。

耳が遠い人との会話を面倒がっている人は、「もし自分の耳が遠くなったら」と一度でも想像してみたことがありますか。

今からでも遅くありません。

「老い」の準備をはじめてください。

おわりに

人は死ぬものです。

私は姑と夫を見送り、妹を見送り、たくさんの友人や知り合いを見送ってきました。

だから思います。

死ぬのは、当たり前のことです。

そう思っているほうが、気が楽なのです。

いつどうなっても、なんてことないのだと思えます。

私が心臓を悪くしたとき、私の心配をしすぎたのか、親戚の女性まで一緒になって心臓を悪くしてしまいました。

そして、

「治らなかったらどうしよう」

と不安がっていたのですが、彼女ももう九十歳なのです。

その歳にして病気を患って、治ると思うほうが間違いじゃないかしらと、私は思ったものでした。

誰もが死ぬし、いつか自分も死ぬのです。

だから、生きている間は充実した暮らしがしたい。

「今、生きている」

と感じながら生きていたい。

私はそう思います。

先日、私宛てに「エンディングノート」なるものが送られてきました。

自分にもしものことがあったときのために、財産や葬儀のこと、お墓のことを書いておくノートなのだそうです。

また、幼少期からの〝自分史〟や、家族へのメッセージも残せます。

自分自身の死と向かい合うために書く、という意味あいもあるようです。

要するに、「最期の書きとめ」ということでしょう。


自分の死後、残された人たちが困らないように、遺言を残したり、あとのことについてお願いしておいたりと、準備をしておくことは大事です。

自分の死後に思いを巡らせ、準備をしておくことに役立つのであれば、エンディングノートなどもいいと思います。

昔の出来事を思い起こし、書きとめて、なつかしむ時間を作るのもいいでしょう。

ただ、過去にばかり向き合っていると、今を楽しむことを忘れてしまいそうです。人生で最も大切な今日という日を楽しむことが、いい人生を作るためには欠かせません。

それに、いくら生前に何を残し、書いて、お願いしておいても、死んだらそれまでです。

死んだら、何を言うことも、聞くこともできません。

嬉しくも、楽しくもありません。

つらいことも、悲しいことも、悔しいこともありません。

そして、死後のことを、最終的にどうするか決めるのは、あくまで生きている人です。

知人が再婚したとき、新しい奥さんが、

「前の奥さんと一緒のお墓には入れないで」

と、自分の娘さんに頼んだそうです。

でも、新しいお墓を買うのはお金がかかるし大変ですから、娘さんは「まあいいや」と、前の奥さんと同じお墓に、お母さんのお骨を入れてしまいました。そんなものだろうなと思います。

私は姑も夫も妹も見送って、死は怖いものではないと知りました。病気になって痛い思いをしたり、機械につながれて苦しんだりするのは怖いですから、いざとなったらさっと逝きたいものですが、死そのものに恐怖はありません。

ご近所に住んでおられた谷川徹三先生は、亡くなる前の日、三越のパーティーに行っていらっしゃいました。たまたま通りかかった私は、お出かけになる先生のお車をお見送りしたので、よく覚えています。

夜、先生はお酒をいただいてご機嫌よく戻られて、お風呂に入って、少しお腹の調子が悪いと下痢をされて、またお風呂できれいにしてから、お休みになられたそうです。

その次の朝、お布団の中で亡くなられていたそうで、俊太郎さんからお知らせを受けて、びっくりしました。

素敵な亡くなり方です。


死がいつ自分のもとに来るかはわかりませんが、それを戦々恐々として待つくらいなら、今このときを一生懸命楽しく生きたいと思っています。

死に対して私たちができるのは、今を楽しむことだけ。

そう考えると、かえって気が楽になるものです。


死に向き合うことは大切です。

でも、悲観的に、悲壮な気持ちで向き合うものではないと思います。

死は自然なこと。当たり前のことです。

生活の延長線上にあるものです。

今日を生きた先に、必ずあるものです。


私の姑は九十歳を過ぎても、私たち夫婦と一緒に旅行を楽しんでいました。

朝にはきちんと身なりを整え、しっかり朝食を食べて、庭をいじったり、英語を教えたりしながら過ごしていました。

人生はそうあるべきなのだと、私は姑の姿に教えられました。


ですから、私は、目の前に広がる景色の中から、楽しいこと、おもしろいことを見つけて、笑って生きています。

おいしいご飯もお菓子もたくさんいただいて、人に会って話をして、仕事をしながら、一人暮らしをしています。

人生をめいっぱい楽しんで生きています。

人生最期のときまで、楽しく生きていきたい。

どんなときでも、いつまでも、楽しめる自分でいたいと思っています。

二〇一六年十二月

吉沢久子

著者紹介

吉沢久子（よしざわ・ひさこ）

1918年東京都生まれ。文化学院卒業。家事評論家。エッセイスト。

女性が働くことがごく珍しかった時代に15歳から仕事をはじめ、事務員、速記者、秘書などをへて、文芸評論家・古谷綱武氏と結婚。

家庭生活を支える一方、生活評論家として生活者の目線で女の暮らしを考え、暮らしを大切にする思いを込めた執筆活動や講演、ラジオ、テレビなどで活躍。

姑、夫と死別したのち、65歳からのひとり暮らしは30年を超えた。

ベスト・ロングセラーとなった『ほんとうの贅沢』『自分のままで暮らす』（あさ出版）をはじめ、著書多数あり。

まいにちを味《あじ》わう　〈検印省略〉

2017年　1　月 21　日　第　1　刷発行

著　者――吉沢 久子（よしざわ・ひさこ）
発行者――佐藤 和夫

発行所――株式会社あさ出版
〒171-0022　東京都豊島区南池袋 2-9-9 第一池袋ホワイトビル 6F
電　話　03 (3983) 3225（販売）
　　　　03 (3983) 3227（編集）
F A X　03 (3983) 3226
U R L　http://www.asa21.com/
E-mail　info@asa21.com
振　替　00160-1-720619

印刷・製本　美研プリンティング(株)
乱丁本・落丁本はお取替え致します。

facebook　http://www.facebook.com/asapublishing
twitter　http://twitter.com/asapublishing

ISBN978-4-86063-952-5 C0095